Aurélie Blain
Ninon C. Maufé

DESTINATION MONTAGNE

Mon cahier de jeux des écosystèmes

DELACHAUX ET NIESTLÉ
jeunesse

Pour Sacha et Charlie.

À Mathilde, Maxime et Ophélie.

Salut, je suis Lou !

Pars avec moi à la découverte des différents milieux et apprends tout un tas de choses en suivant mes explications.

J'aimerais te faire comprendre la fragilité de la nature pour que tu en prennes soin à ton tour et même, pourquoi pas, que tu apprennes aux adultes de ton entourage comment agir pour la préserver.

Je compte sur toi !

SOMMAIRE

INTRODUCTION

4 Les humains et le vivant
5 La biodiversité en danger
7 Fonctionnement du cahier

GRANDEUR NATURE

10 **Affiches** • Journée internationale de la montagne 11
12 Le cycle de l'eau • **Circuit** 13
14 **Glagla** • Recul des glaciers 15
16 **Carbone** • Stockage du carbone 17
18 **Bonnes idées** • Solutions fondées sur la nature 19
20 Volcans d'Auvergne • **Lave** 21
22 Prairies de montagne • **Mille-fleurs** 23
24 **Champs fleuris** • Pharmacie naturelle 25
26 **Parcs** • Les parcs nationaux 27

À HAUTEUR D'ANIMAL

30 Hibernation • **Dodo** 31
32 **Rongeur** • Insolite marmotte 33
34 **Produits** • Précieuse myrtille sauvage 35
36 **Silhouettes** • Géant du ciel 37
38 Chamois ou bouquetin ? • **Caprin** 39
40 **Faune** • Le retour des superprédateurs 41
42 **Lynx** • Grand félin du froid 43
44 Le loup et les troupeaux • **Isard** 45
46 **Patous** • Chiens de protection 47

À HAUTEUR D'HUMAIN

50 **Troupeaux** • Pastoralisme de montagne 51
52 **Voyage** • Troupeaux nomades 53
54 Mille et un fromages • **Vaches** 55
56 **Bois** • Chalets 57
58 **Trésor** • Passion : cristallier 59
60 Thermalisme • **Santé** 61
62 **Ski** • Sports d'hiver 63
64 Camping sauvage • **Bivouac** 65
66 Les écogardes • **Gardiens** 67

ANNEXES

68 Les services écosystémiques
70 Lexique de la montagne
73 Diplôme d'honneur de spécialiste de la montagne
74 Paper toy
77 Solutions
79 Ressources

Les humains et le vivant

Beaucoup de gens pensent que les humains et la nature sont deux choses très différentes. C'est une erreur ! Les humains et la nature font partie d'un grand tout, un grand tout que l'on appelle le **vivant**. Le vivant regroupe tout ce qui vit et meurt, aussi bien une fleur, qu'un arbre, un escargot, une baleine ou un minuscule microbe. Et les humains dans tout ça ? Ce sont des animaux comme les autres, ni plus ni moins importants ! On pourrait croire qu'ils sont au-dessus de tout le reste, mais chaque être vivant a en réalité besoin de tous les autres pour vivre.

Voilà ce que tu vas découvrir au fil des pages de ce livre : tous les êtres vivants sont étroitement liés. Et le lieu où se nouent tous ces liens s'appelle un **écosystème**. Un écosystème, c'est un lieu défini où vit en harmonie un ensemble d'êtres vivants, la survie des uns dépendant de la survie des autres. La Terre, une forêt, ton jardin, une flaque d'eau, voilà autant d'écosystèmes différents !

Sur notre belle planète, les humains perturbent beaucoup les autres êtres vivants, en polluant les écosystèmes, par exemple. Or, la nature n'est pas faite pour absorber toutes les saletés qu'ils produisent. Elle n'a pas non plus la capacité de recréer rapidement tout ce que les humains lui prennent (les arbres qu'ils coupent pour utiliser le bois ou les animaux qu'ils font fuir à cause de leurs activités et constructions...).

Les humains d'aujourd'hui ont oublié qu'ils dépendent totalement des écosystèmes, pourtant essentiels à leur survie : ces écosystèmes produisent du bon air pour respirer, des animaux et des plantes pour manger, ils protègent les humains des inondations. Et même, ils leur offrent du travail, des lieux où passer des vacances, où s'émerveiller...

Pour bénéficier durablement d'un environnement confortable à vivre, les humains doivent donc prendre soin des écosystèmes.

La biodiversité en danger

La **biodiversité**, c'est la richesse de la nature en animaux et plantes variés. Chaque espèce est adaptée à l'endroit où elle vit, elle a une place et une fonction bien précises au sein de l'écosystème. Que ce soit pour manger, être mangée ou apporter une contribution concrète (retenir les avalanches, polliniser les fleurs, disséminer les graines).

Aujourd'hui, la biodiversité est gravement menacée. Des espèces disparaissent parce qu'elles sont trop chassées, trop pêchées, parce que leur lieu de vie a trop changé et ne leur fournit plus la nourriture ou les conditions de vie dont elles ont besoin, parce que les humains les empêchent de former une tanière où faire grandir leurs petits, parce que la neige disparaît à cause du réchauffement climatique...

Les scientifiques sont d'accord pour dire que la biodiversité est fragilisée par cinq grandes menaces :

- Le **recul des milieux naturels**. C'est la disparition, le rapetissement des zones de nature, car les humains transforment beaucoup ce qui les entoure, en stations de ski ou en routes. On va recouvrir la terre de béton pour créer des parkings, des maisons, des barrages sur les rivières...

- La **surexploitation des ressources**. C'est le fait que les humains prennent les ressources naturelles (animaux, bois, minerais, eau douce...) en trop grandes quantités et déséquilibrent les milieux naturels. Si l'on chasse trop les grands prédateurs, ils ne peuvent plus réguler la population des animaux plus petits, qui peuvent alors faire des ravages. L'exploitation intensive du bois fait disparaître l'habitat et la nourriture de certains animaux. Cela facilite aussi les catastrophes naturelles, car la végétation n'exerce plus sa fonction de protection contre les avalanches et les coulées de boue.

- Les **espèces envahissantes**. Ce sont les espèces animales ou végétales que les voyageurs rapportent d'autres pays ou encore les espèces transportées de l'autre bout du monde pour être revendues chez nous. Une fois relâchées ou plantées dans leur nouvel habitat, certaines s'adaptent et se multiplient au point de prendre le dessus sur les espèces locales. Elles déséquilibrent tout l'écosystème, prennent toutes les ressources et font ainsi disparaître les autres espèces.

- Les **pollutions** de l'eau, des sols et de l'air par les produits chimiques et les déchets. Les agriculteurs répandent des substances pesticides sur leurs cultures, les voitures émettent des particules fines, les visiteurs jettent leurs mégots sur les pistes de ski. Une fois dans l'air ou dans la terre, ces pollutions voyagent dans les cours d'eau jusqu'à la mer, puis reviennent avec l'eau de pluie dans les montagnes et détruisent ainsi de nombreuses espèces de plantes et d'animaux. Les activités humaines créent aussi du bruit et de la lumière, qui nuisent beaucoup au bon développement des autres êtres vivants.

- Le **changement climatique**. Un écosystème est un équilibre fragile où chaque espèce a besoin de conditions très précises pour vivre. Si l'on modifie plusieurs de ces conditions, comme les températures de l'air ou de l'eau nécessaires pour faire éclore un œuf, le moment de la fonte des glaces pour sortir de terre... alors l'écosystème s'appauvrit car les espèces finissent par partir ou mourir.

Tu vois, le plaisir de contempler un paysage enneigé et de dévaler les pistes sur une luge, d'observer le réveil printanier des animaux sauvages, de cueillir des plantes médicinales ou des fruits en pleine nature... Ce plaisir pourrait disparaître si l'on ne fait pas plus attention au vivant qui nous entoure. À TOUT le vivant. Aucune espèce n'est moins importante qu'une autre, car chacune tient une place indispensable dans un plus grand ensemble naturel.

Alors à toi de jouer !

Fonctionnement du cahier

Avec ce cahier de jeux, tu embarques pour une véritable découverte de la montagne. La montagne, c'est tout ce qui se trouve au-dessus de 600 mètres d'altitude. De nombreux animaux y vivent, répartis sur trois grands étages : la basse, la moyenne et la haute montagne. La montagne offre des lieux à vivre, à visiter, qui attirent les touristes, permettent des activités économiques... Elle abrite aussi une vaste biodiversité, absorbe l'excès de carbone et forme notre principal réservoir d'eau douce : elle est essentielle aux humains.

En France, on compte cinq grands massifs de montagnes : les Vosges, le Jura, les Alpes, les Pyrénées et le Massif central.

Nous avons regroupé les jeux en trois grandes parties : tu découvriras d'abord les grands enjeux écologiques que doit affronter la montagne, puis comment y vivent les animaux, et enfin comment y vivent les humains.

Les jeux ne portent pas sur des connaissances, mais sur l'observation ou la déduction. Tu n'as donc pas besoin de déjà tout connaître sur les écosystèmes pour réussir les défis et t'amuser. Il t'est d'ailleurs fortement recommandé de faire le jeu d'abord et de lire les informations de la page d'à côté ensuite, pour en savoir plus sur le sujet abordé. Ce serait dommage de te gâcher le plaisir en connaissant déjà la réponse ! Parfois, les informations se trouvent sur la page de gauche. Dans ce cas, utilise-les pour t'aider. Essaie de parcourir les pages du livre dans l'ordre pour retenir les nouveaux mots qui pourront être utiles dans certains jeux. Nous te conseillons aussi de faire les jeux au crayon à papier pour pouvoir les refaire plus tard ou prêter ton cahier.

Le lexique de la montagne

Si certains mots te paraissent trop compliqués, le lexique contient sûrement leur définition. Tu trouveras en page 70 tous les mots qui peuvent t'être utiles pour mieux comprendre l'écosystème montagnard. Ils sont classés par ordre alphabétique.

Amuse-toi bien !

GRANDEUR NATURE

Élimine les erreurs pour trouver la bonne affiche de la Journée internationale de la montagne.

Journée internationale de la montagne

Tout au long de l'année, l'**Organisation des Nations unies** (ONU) met en avant de grands thèmes essentiels de la vie humaine, du monde ou de l'histoire grâce aux **journées mondiales ou internationales**.

Le **11 décembre**, journée internationale de la **montagne**, les associations, habitants, villes, régions, etc. en profitent pour organiser des activités : expositions, animations, débats, conférences, spectacles, projections de films, randonnées... Ces activités permettent de faire passer plus facilement des messages importants et de sensibiliser les populations à la protection de l'environnement.

Il existe aussi des semaines, des mois et des années dédiés à de grandes causes. **2025** est par exemple l'**année internationale de la préservation des glaciers**.

Le cycle de l'eau

Notre planète est souvent surnommée la « planète bleue » car elle est couverte d'eau. Sur 100 gouttes, 97 sont salées et donc non utilisables par les êtres humains. Il ne reste donc que très peu d'eau « douce » pour boire, cuisiner, se laver... Les **montagnes** sont d'énormes réservoirs de cette eau douce.

En fonction de l'altitude, l'eau prend différentes formes :

Au plus haut, on trouve les **glaciers**, où l'eau de pluie, tombée en flocons de **neige** car il y fait froid, est conservée tout l'hiver sous forme de **glace**. Quand les températures se réchauffent au printemps, la glace fond et coule, alimentant les ruisseaux et torrents qui dévalent les pentes.

L'eau de pluie s'ajoute aussi aux rivières, s'infiltre **dans la terre** et rejoint les nappes phréatiques. L'eau minérale vendue en bouteille est puisée dans ces nappes.

Malheureusement, une grande partie de l'eau sous terre n'est pas accessible aux humains et les autres sources captées (pour les bouteilles ou l'eau de ton robinet) commencent à se vider. À mesure que la Terre se réchauffe, ces précieuses réserves s'assèchent et l'eau douce autrefois disponible vient à manquer.

Suis le circuit de l'eau sous-terre et trouve sa sortie.

Des géants de glace habitent nos montagnes. Ils sont formés par l'empilement des neiges dites éternelles.

Trouve le nom du « géant de glace » en remettant les lettres colorées dans l'ordre.

Recul des glaciers

Un glacier est un champ de glace « éternelle » qui s'écoule très lentement (quelques centimètres par jour), tout en haut d'une montagne.

Le réchauffement des températures (hivers moins froids et vagues de chaleur en été) les fait fondre plus vite qu'avant : ils raccourcissent et s'affinent, c'est ce qu'on appelle le **recul des glaciers**. Cela arrive dans le monde entier à une vitesse jamais vue. Certains ont totalement disparu.

Les glaciers sont des réservoirs d'eau douce très précieuse pour l'agriculture et notre vie de tous les jours. De nombreux animaux et plantes sauvages dépendent aussi de cette eau pour vivre.

Les eaux de fonte des glaciers hébergent aussi de nombreuses espèces, comme les mouches de pierre ou les vers plats, qui servent de nourriture à certains poissons, amphibiens, oiseaux et mammifères. Si tous les glaciers fondent pour de bon, c'est tout l'écosystème qui s'effondre.

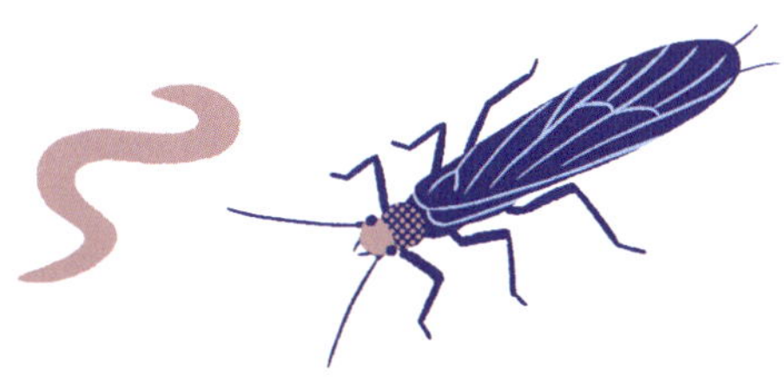

CARBONE

M	D	O	R	Z	U	D	A	B	V	Y	K	H	I	F	X
I	S	E	J	Q	S	E	W	R	C	A	R	B	O	N	E
C	Y	T	C	L	K	T	C	A	U	B	V	I	E	U	X
R	G	S	O	O	L	P	I	N	Q	N	E	O	F	R	P
O	H	S	V	C	M	Y	X	C	T	U	K	M	D	B	L
B	A	F	W	E	K	P	Z	H	I	H	R	A	L	Q	O
E	V	M	O	G	T	P	O	E	D	A	T	S	J	N	I
R	Y	D	F	B	E	C	X	S	U	B	H	S	A	O	T
L	S	C	I	E	N	T	I	F	I	Q	U	E	N	I	A
F	J	U	R	V	Z	O	C	W	M	T	C	A	C	T	T
E	D	G	O	P	E	S	V	N	Y	P	I	H	I	A	I
F	R	O	I	D	J	R	U	G	E	W	X	O	E	T	O
O	T	H	M	U	F	J	S	L	Q	I	D	A	N	P	N
R	B	E	G	S	U	R	V	I	E	Z	G	O	N	A	L
E	F	S	I	R	M	Q	A	C	T	N	J	E	E	D	H
T	B	G	E	N	E	T	I	Q	U	E	D	Y	Z	A	W

carbone • biomasse • forêt • diversité • exploitation • stock • génétique • survie • branches • scientifique • sols • décomposition • adaptation • froid • neige • microbe • ancienne • vieux

Retrouve les mots de la liste dans la grille (certains peuvent être en diagonale).

Stockage du carbone

Le **dioxyde de carbone** est le gaz qui provoque le réchauffement climatique. Les océans, les forêts, les plantes le capturent dans l'air et produisent en échange le bon oxygène que nous respirons pour vivre.

Mais aujourd'hui, les activités humaines produisent vraiment trop de ce gaz pour que la nature arrive à tout absorber. Ainsi, réussir à réduire les émissions de carbone est l'un des grands défis de demain !

Après les océans, ce sont les sols qui emmagasinent le plus de carbone sur Terre (par les troncs, feuilles, tiges et racines des plantes, par la terre). Les **forêts anciennes**, plus riches en diversité (arbres, animaux, lichens, microbes) et moins touchées par les humains (exploitation du bois, constructions), constituent donc des stocks importants de carbone et de vrais poumons pour les êtres vivants.

Les forêts anciennes sont plus nombreuses dans les montagnes : comme elles sont difficiles d'accès, les humains les détruisent moins facilement.

Il faut savoir que les scientifiques connaissent encore assez mal les sols et leurs interactions avec les forêts qui poussent dessus !

Pour réparer les dégâts causés par les humains sur le milieu montagnard, on commence à réfléchir à des solutions inspirées de la nature.

T	A	L	M	C	I

Phénomènes météo (températures, pluies...) d'un endroit donné

▸ | | | | | | |
|---|---|---|---|---|---|

M	T	S	E	Y	O	C	S	E	E

Ensemble d'êtres vivants interagissant dans un même milieu

▸ | | | | | | | | | | |
|---|---|---|---|---|---|---|---|---|---|

E	E	T	B	O	I	D	V	I	R	I	S

Richesse, diversité du vivant

▸ | | | | | | | | | | | | |
|---|---|---|---|---|---|---|---|---|---|---|---|

N	A	T	E	N	O	M	G

Élément naturel haut et pentu

▸ | | | | | | | | |
|---|---|---|---|---|---|---|---|

Remets les lettres dans le bon ordre pour trouver les 4 mots correspondant aux définitions.

Solutions fondées sur la nature

Pour relever les défis actuels (changement climatique, risques naturels, approvisionnement en eau douce...), on réfléchit depuis peu à faire appel au vivant, avec les **« solutions fondées sur la nature »**. Elles restaurent ou conservent les écosystèmes et sont généralement plus simples et moins coûteuses que de grosses constructions humaines, tout en apportant des bénéfices pour la biodiversité !

En montagne, où l'on a beaucoup coupé d'arbres pendant des années, on compte sur les **superpouvoirs de la forêt**. En effet, les arbres absorbent l'eau et retiennent les sols avec leurs racines : on réduit ainsi les **coulées de boue, chutes de blocs** et **glissements de terrain** en cas de fortes pluies. Ils amoindrissent aussi les dégâts des **avalanches** en retenant la neige. En période chaude et sèche, ils assurent humidité et fraîcheur.

Demain, il faudra donc entretenir et préserver les forêts, mais aussi en replanter avec des essences locales variées et plus résistantes aux nouvelles conditions climatiques.

Des écosystèmes qui fonctionnent bien fournissent de nombreux **services écosystémiques** à nos sociétés : en montagne, les zones habitées des vallées sont ainsi protégées par le cordon de forêts.

Volcans d'Auvergne

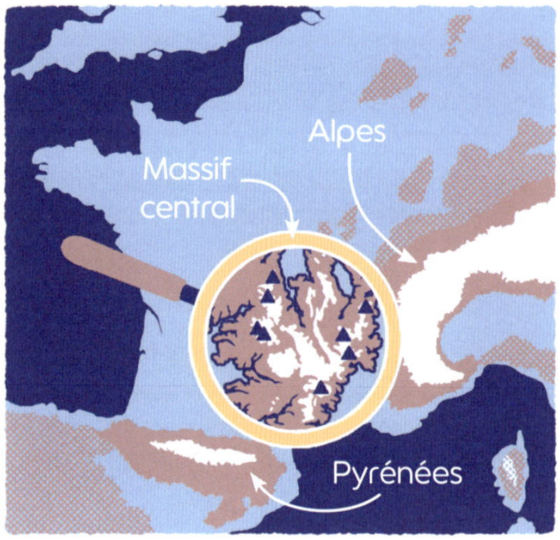

On dénombre en Auvergne environ 200 volcans endormis. Ils sont répartis sur une vaste zone de 120 km de long et le Puy de Sancy est le plus haut, avec ses 1886 m. Le **Massif central** est donc une **moyenne montagne**, un pont utilisé par les espèces montagnardes pour relier les Alpes aux Pyrénées.

Tous ces volcans sont entrés en **éruption** (une seule fois pour la moitié d'entre eux) à des périodes très diverses de la Préhistoire et, pour le massif cantalien, jusqu'à l'Antiquité. La chaîne des Puys est inscrite au patrimoine mondial de l'UNESCO depuis 2018.

Les coulées de lave refroidies ont formé des pierres que les humains ont utilisées pour construire des **maisons**, dans une grande palette de gris. Grâce aux minéraux qui la composent, la lave visqueuse se solidifie en une pierre gris clair et la lave fluide en une pierre gris foncé.

L'Auvergne a une tradition ancienne d'**émaillage de la pierre de lave**. C'est la seule pierre à supporter la cuisson nécessaire pour faire tenir l'émail, cette matière brillante et colorée avec laquelle on décore des objets en céramique ou en métal.

Pour voir d'anciens volcans
et marcher autour de leur cratère,
il suffit de te rendre en Auvergne.

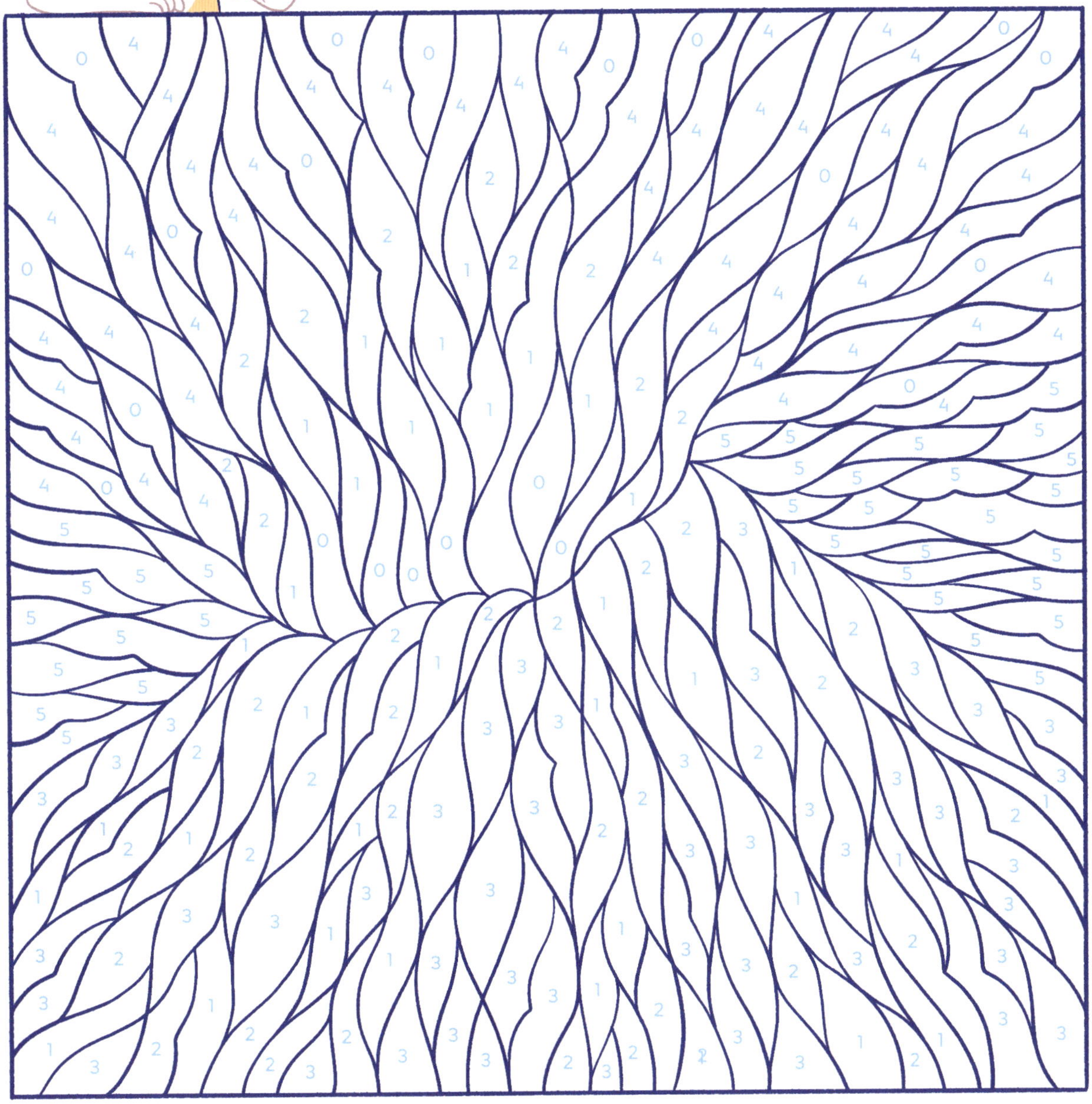

0 : blanc • 1 : jaune • 2 : orange • 3 : marron • 4 : gris • 5 : bleu

Colorie suivant les indications pour retrouver l'image cachée.

Prairies de montagne

En montagne, les éleveurs font paître leurs troupeaux dans de grands terrains herbeux appelés **prairies**. Elles peuvent être naturelles ou semées par les éleveurs, puis **fauchées** pour obtenir du foin qui nourrira les animaux en hiver.

Les **prairies naturelles** sont d'incroyables **réservoirs de biodiversité locale** (en plus de stocker beaucoup de carbone) : elles peuvent contenir plus d'une centaine de variétés de fleurs, qui attirent autant d'insectes pollinisateurs et/ou butineurs, mais aussi des criquets et escargots, qui à leur tour attirent oiseaux et rongeurs. Les plantes de ces prairies sont habituées au type de sol et au climat montagnards et sont ainsi plus **résistantes** aux maladies et aux aléas des intempéries.

Malheureusement, ces prairies ont tendance à **disparaître** : elles sont en mauvais état à cause de pratiques agricoles intensives, gagnées par les broussailles lorsqu'elles ne sont plus utilisées, artificialisées (aménagées pour l'humain avec du béton ou du bitume), affaiblies par le changement climatique... De grandes actions de **restauration** sont actuellement en réflexion.

Retrouve les 10 intrus dans la prairie.

Plus elle offrira de fleurs différentes, plus la prairie va attirer des insectes divers, qui vont à leur tour permettre la reproduction des fleurs en les pollinisant.

R I E P A R I

Terrain couvert d'herbes et de fleurs

▸

T E S B N A O I T

Spécialiste des plantes

▸

P T R U E O U A

Groupe d'animaux d'élevage

▸

E V G U A S A

Se dit d'un animal ne vivant pas avec les humains

▸

Remets les lettres dans le bon ordre pour trouver les 4 mots correspondant aux définitions.

Pharmacie naturelle

Avant que les médicaments modernes apparaissent, les humains utilisaient beaucoup les plantes pour se soigner. Cette médecine naturelle s'appelle la **phytothérapie**. Pour fabriquer tisanes, baumes, crèmes, mélanges à respirer ou huiles, il faut savoir quelle partie de la plante garder, comment l'utiliser et comment la cueillir sans l'abîmer pour qu'elle repousse : les montagnards se transmettent ces connaissances depuis des **millénaires** !

Comme elle est moins habitée et donc un peu plus sauvage, la montagne est le grand terrain de jeu des cueilleurs. Certaines plantes ne poussent d'ailleurs qu'à une certaine altitude.

Arnica des montagnes
(fleur sauvage poussant de 600 à 2 800 m d'altitude, difficile à cultiver car demande une composition de sol très précise. Sa cueillette, parfois intensive, est maintenant réglementée, voire interdite. On en fait des crèmes contre les bleus, mais il ne faut pas en manger : elle est toxique)

Plantain
(radical contre les piqûres)

Térébenthine
(problèmes respiratoires)

Génépi
(fièvre, toux, digestion, pousse entre 2 000 et 3 500 m)

Gentiane
(seulement la racine, digestion, pousse jusqu'à 2 500 m)

Reine-des-prés
(composant de l'aspirine)

Millepertuis
(brûlures, dépression légère)

Joubarbe
(petite plante grasse en forme d'artichaut, apaise les brûlures)

Sureau noir
(antidiabétique et anti-inflammatoire)

PARCS

Près de 200 pays du monde préservent des aires de nature exceptionnelle dans les « parcs nationaux ».

N	A	T	I	O	N	A	L	P	Y	V	T	U	H	M	Q
K	X	U	J	C	F	S	E	M	Z	W	I	D	N	C	F
V	G	Q	B	A	L	M	J	P	R	O	T	E	G	E	U
J	A	D	S	E	O	L	E	Y	P	E	R	K	P	V	X
H	Z	N	U	G	A	F	T	R	Y	B	W	C	A	E	V
U	D	J	O	C	P	U	X	E	C	O	H	R	T	N	I
P	E	C	D	I	N	F	T	N	P	A	W	Q	R	N	S
A	G	H	V	E	S	Z	N	E	O	F	N	Y	I	E	I
R	D	I	W	A	P	E	Q	E	H	L	U	T	M	S	T
C	U	L	T	U	R	E	L	S	J	E	Z	V	O	K	E
I	Y	U	E	Q	R	Z	D	A	G	U	W	L	I	U	U
M	A	S	S	I	F	C	E	N	T	R	A	L	N	E	R
W	L	Z	H	U	E	Y	P	K	I	M	Q	C	E	F	S
Q	P	A	D	J	U	H	E	X	C	E	P	T	I	O	N
P	E	C	R	I	N	S	W	A	N	K	Y	P	E	Z	I
Y	S	H	A	Z	U	I	Q	V	E	I	S	A	R	D	J

parc • national • vanoise • écrins • mercantour • alpes • pyrénées • cévennes • massif central • exception • patrimoine • culturels • protégé • beauté • visiteurs • fleur • isard • lac

Retrouve les mots de la liste dans la grille.

Les parcs nationaux

Un parc national est une **vaste aire naturelle** dont on veut préserver la faune, la flore, le sol, le sous-sol, l'atmosphère et les eaux, pour leur intérêt exceptionnel.

Ces parcs ont trois **missions** principales : la protection de la nature, l'étude scientifique des écosystèmes et le développement des connaissances du public sur ces milieux protégés.

En France, on en compte 11, dont **5 en montagne** ! Ce sont les parcs nationaux de la Vanoise, des Écrins et du Mercantour (dans les Alpes), des Pyrénées, et des Cévennes (dans le Massif central).

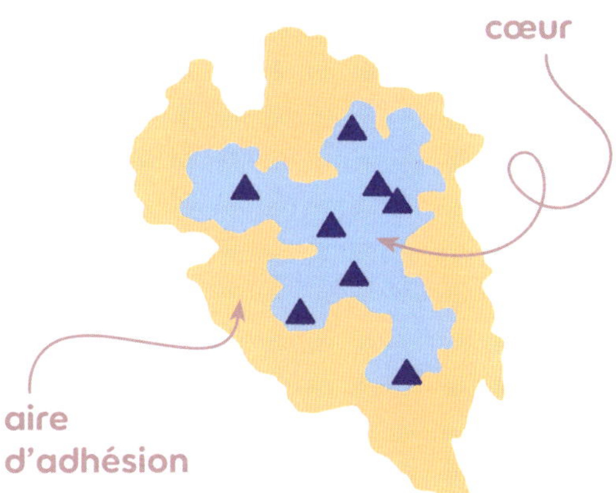

Ils sont composés de deux zones : le **cœur du parc**, soumis à des règles particulières (constructions, cigarettes, barbecues, feux de camp, parfois bivouacs... sont interdits et les visiteurs doivent déranger au minimum le vivant). Et l'**aire d'adhésion**, où les règles sont plus souples, et qui compte toutes les communes entourant le cœur et qui choisissent de signer la charte du parc.

Les activités agricoles et l'élevage pastoral y sont courants, tout comme l'artisanat. On a même créé la marque collective **Esprit parc national** rassemblant des produits et des services respectueux de la philosophie des parcs !

La **« nuit noire »** est un patrimoine menacé de disparition. Quand le vivant n'est pas perturbé par la pollution lumineuse des réverbères ou des bâtiments, la biodiversité est préservée. C'est un sujet important pour les parcs nationaux, qui peuvent créer des « réserves de ciel étoilé ».

À HAUTEUR D'ANIMAL

Hibernation

Certains animaux sont incapables de **survivre dehors l'hiver** : l'eau est plus rare, les feuilles et insectes ont disparu, les températures sont trop basses. Souris, hérissons, marmottes, loirs, certains reptiles, grenouilles ou chauves-souris mettent donc leur corps au repos entre novembre et février. Mais tout le monde n'hiberne pas de la même manière !

1. Se préparer

Pour survivre plusieurs mois sans manger, l'animal peut accumuler des réserves de graisse ou cacher des provisions pour y accéder plus tard. Il doit aussi chercher un lieu adéquat (nid, tanière, tronc d'arbre…).

2. Faire son lit

Certains amphibiens restent dans la vase ou sous l'eau. Certains petits mammifères préfèrent se fabriquer un nid, d'autres investir un nid abandonné, des maisons ou des troncs d'arbres. Les plus gros s'établissent dans une grotte ou se creusent une tanière.

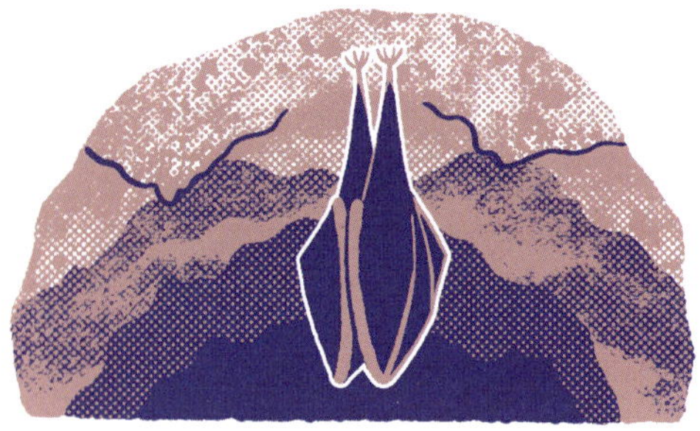

3. Dormir

Le cœur ralentit (de 300 à 3 battements par minute chez certains petits rongeurs), la température du corps baisse (jusqu'à 0 °C). Le métabolisme est parfois presque à l'arrêt !

4. Se réveiller

Quand les jours rallongent et que les températures remontent enfin, les animaux sortent de ce sommeil lourd. Cela peut leur demander plusieurs jours et ils ont généralement beaucoup maigri.

Et l'hivernation ?

Certains animaux hivernent : leur activité diminue pendant l'hiver ou ils somnolent, mais ils restent actifs et peuvent réagir aux attaques. Par exemple l'écureuil va chercher les noisettes enfouies à l'automne, l'ourse met bas, le blaireau met le nez dehors, le hérisson change de nid…

Il ne faut pas confondre hiberner
et hiverner, chaque animal a
des besoins différents.

Retrouve les 2 animaux qui n'ont pas de jumeau.

RONGEUR

La marmotte n'est pas une espèce protégée, car elle n'est pas en danger.

Termine la marmotte en t'aidant de l'illustration de gauche.

Insolite marmotte

C'est le deuxième plus gros **rongeur** de France après le castor.

Les marmottes **sentinelles** sifflent pour prévenir la colonie de l'approche d'un prédateur.

Elle **hiberne** en groupe dans un terrier pour se tenir chaud.

Ses **incisives** poussent et s'usent en continu.

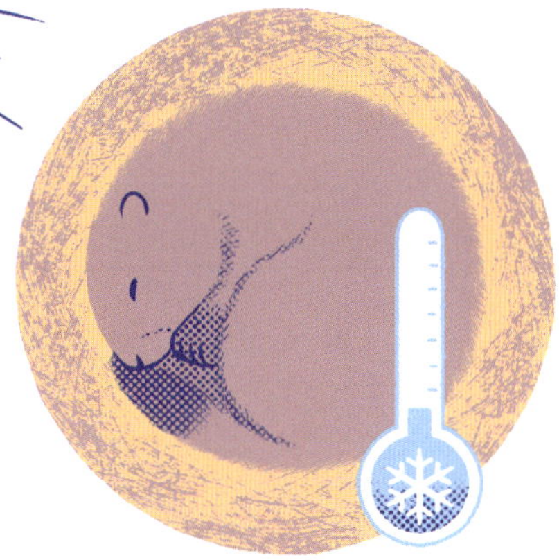

Sa **température** interne diminue jusqu'à 5 °C pendant l'hibernation.

Elle ne boit que l'eau de la **rosée** présente sur les végétaux qu'elle mange.

La marmotte en chiffres

- 15 à 18 ans : sa longévité
- 2 à 4 : le nombre de marmottons par portée
- 800 à 3 000 mètres : l'altitude où elle vit
- 10 : les pulsations par minute de son cœur pendant l'hibernation (contre 200 en temps normal)
- 6 à 9 : les mois passés en hibernation
- 50 : sa hauteur en centimètres

Le climat, les ressources naturelles et le relief de la montagne permettent de produire des objets et aliments bien spécifiques.

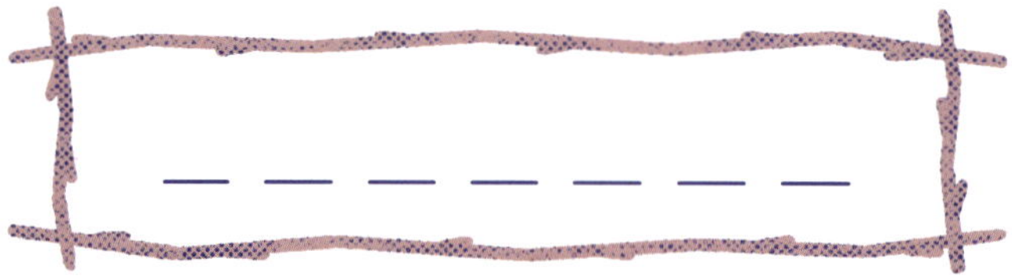

Reconstitue le nom de la personne qui travaille de manière traditionnelle en remettant les lettres colorées dans l'ordre.

Précieuse myrtille sauvage

La **myrtille sauvage** *Vaccinium myrtillus* est une petite baie ronde et bleu-gris, poussant sur un arbuste d'environ 30 cm de haut, le **myrtillier**. Elle tache les doigts des gourmands qui la cueillent, contrairement à la **myrtille cultivée** *Vaccinium corymbosum*, plus grosse et à l'intérieur vert-blanc, qui a moins de goût, mais que l'on trouve aujourd'hui sur tous les étals.

Les myrtilliers ne poussent que sur les sols acides (granit ou schiste) dès 800 m d'altitude. On les croise donc dans les Alpes, les Vosges, le Jura et le Massif central. Ils forment des **« landes à myrtilles »**, souvent entourées d'autres arbustes qui peuvent vite **embroussailler** toute la lande. Dix ans sans entretien suffisent à faire disparaître les myrtilliers !

La myrtille sauvage est devenue rare et pour redévelopper l'activité, on réactive l'entretien de ces terres délaissées, notamment grâce aux troupeaux. Ainsi, les producteurs-cueilleurs et les transformateurs (qui en font confitures, pâtisseries...) en tirent des **revenus**, les troupeaux se nourrissent et le débroussaillage ravive la **biodiversité**. On préserve alors un **paysage** et un **produit emblématique** de la montagne.

Selon les restrictions mises en place par les parcs nationaux, tu peux cueillir à la main (le peigne, réservé aux professionnels, est interdit !) entre **1 et 2 kg de myrtilles sauvages par jour**, pour en laisser aux autres promeneurs, mais aussi à la faune.

SILHOUETTES

Mieux connaître les rapaces et ne pas en avoir peur, c'est un premier pas pour mieux les protéger !

1. Milan royal
queue en V, petit gabarit

2. Gypaète barbu
plus grand rapace d'Europe, queue en losange

3. Faucon crécerelle
petit gabarit, ailes pointues, queue étroite et longue

4. Aigle royal
plumes du bout des ailes écartées, queue large et arrondie

5. Vautour fauve
longs doigts, queue très courte et arrondie, cou rentré en vol

6. Chouette chevêchette
plus petite chouette d'Europe, 20 cm de long

Trouve à quel rapace appartient chaque silhouette.

Géant du ciel

Le gypaète barbu est un grand vautour pouvant atteindre **3 m d'envergure** (la hauteur de deux enfants de 10 ans). C'est le plus grand rapace d'Europe. Il vit dans nos montagnes et niche sur les falaises. Son ventre est beige, mais la boue spécifique dans laquelle il se baigne colore ses plumes en **orangé**.

Surnommé le **« nettoyeur des alpages »**, il ne mange que des carcasses de moutons, chamois, cerfs, etc. Il se nourrit à 80 % de leurs os, pattes, tendons et ligaments, et lâche les plus gros os au-dessus des pierres pour les briser.

En se nourrissant des animaux morts, il évite que les maladies ne se propagent chez les animaux.

Il a été chassé intensivement (on croyait qu'il volait les agneaux et les enfants) et a disparu de France. Grâce à des réintroductions, à la limitation des menaces (câbles électriques, dérangement humain...) et à l'information sur son utilité, **150 couples** sont présents aujourd'hui, mais c'est encore peu pour cet oiseau en danger.

Chamois ou bouquetin ?

Ces deux cousins **herbivores** sont de la même famille, mais chaque espèce a ses particularités :

Chamois

Nom scientifique : *Rupicapra rupicapra*

- Non protégé car non menacé
- On l'observe surtout dans les Alpes, le Jura, les Vosges et le Massif central
- S'aventure jusqu'en forêt, même en plaine
- Caractère méfiant

Bouquetin

Nom scientifique : *Capra ibex*

- Protégé et quasi menacé en France, la chasse l'avait fait presque disparaître des Alpes, mais il a été réintroduit dans les années 1960
- On ne l'observe que dans les Alpes
- Reste toujours dans les rochers, se déplace par petits sauts rapides et précis grâce à un ongle et un coussinet
- Caractère placide et nonchalant

Une grande famille

Parmi tant d'autres **caprins** sauvages, on trouve aussi le **mouflon** (*Ovis aries musimon*) qui a des cornes enroulées vers l'arrière ou l'**isard** (*Rupicapra pyrenaica*), le cousin du chamois vivant dans les Pyrénées.

Reproduis le bouquetin en t'aidant de l'illustration.

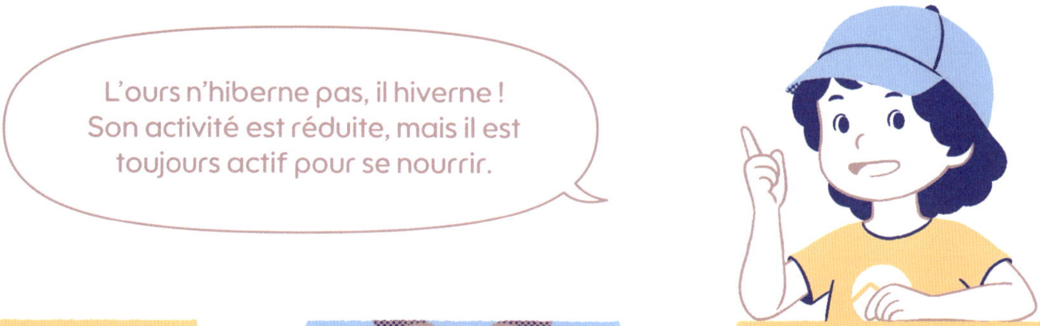

Loup

Bouquetin

Aigle royal

Gypaète barbu

Lynx

Ours

Marmotte

Brebis

Chamois

J'ai un bec • J'hiberne en groupe • J'ai des plumes orange • J'ai des cornes • Je vis avec les humains • On m'appelle *Capra ibex* • J'ai une queue longue • Il m'arrive de me tenir sur 2 pattes

Associe un seul animal à chaque description pour trouver celui qui ne s'est pas présenté.

Le retour des superprédateurs

Les **superprédateurs** sont des animaux situés tout en haut de la chaîne alimentaire et qui n'ont donc pas de prédateurs. Généralement de grande taille, ils sont peu nombreux, font peu de bébés et vivent sur une grande superficie de territoire. Ils ont aussi une puissante mâchoire et des griffes acérées.

Ils jouent un rôle crucial dans l'**équilibre de l'écosystème** : ils éliminent les animaux malades, faibles ou blessés, ils empêchent les herbivores de pulluler, ce qui permet à plus de plantes et arbres (qui n'auront pas été mangés) de pousser. Avec les nouvelles plantes arrivent aussi des insectes et des oiseaux.

Les superprédateurs sont les alliés de la biodiversité !

Avant le Moyen Âge, le **loup**, l'**ours** et le **lynx** vivaient dans toutes les forêts de France. Repoussés ensuite par les activités humaines (constructions, déboisement, chasse, diminution des proies), ces trois superprédateurs ont disparu du pays. Grâce à des missions de **réintroduction**, le lynx, l'ours et le loup (qui, lui, est revenu naturellement par l'Italie) se sont à nouveau multipliés et ont retrouvé leur place au sein de l'écosystème montagnard.

Ils n'attaquent pas les humains, mais les loups et les lynx peuvent s'en prendre aux troupeaux et les ours aux ruches, ce qui peut les rendre impopulaires.

Le lynx boréal, seul grand félin sauvage présent en France, est une espèce menacée et strictement protégée en Europe.

Retrouve les 10 différences entre les deux images.

Grand félin du froid

Nom scientifique

Lynx lynx

Nom d'usage

Lynx boréal

Territoire

Vit dans les forêts froides d'Europe. En France, dans les Vosges, le Jura et les Alpes, depuis sa réintroduction par l'humain dans les années 1970.

Alimentation

Chevreuils, chamois, sangliers, lièvres, marmottes, renards et parfois brebis.

Taille

50 à 70 cm de haut, comme un berger allemand

Durée de vie

15 ans maximum

Super-pouvoir

Chaque lynx possède un pelage aux motifs uniques, comme nos empreintes digitales !

Points faibles

Selon la Liste rouge des espèces menacées de l'UICN, le lynx boréal est « en danger » en France et sa chasse est strictement interdite. Il meurt principalement suite à des collisions avec les voitures ou à cause du braconnage. Les petites populations, réparties sur différentes chaînes de montagnes, ne se rencontrent pas. Ainsi, les lynx se reproduisent au sein d'un même groupe, ce qui n'apporte pas de nouveaux gènes. Ce manque de brassage génétique affaiblit l'espèce.

Description

Le loup et les troupeaux

Le loup a longtemps disparu des montagnes françaises et les éleveurs n'avaient plus besoin de sécuriser leurs troupeaux. Quand il est revenu en 1990, il a à nouveau attaqué des animaux d'élevage pour se nourrir et les montagnards ont dû changer leurs habitudes.

Avec le temps, ils ont trouvé des mesures de protection efficaces et variées (gardiennage renforcé grâce aux cabanes d'estive, clôtures électrifiées faciles à déplacer, chiens de protection).

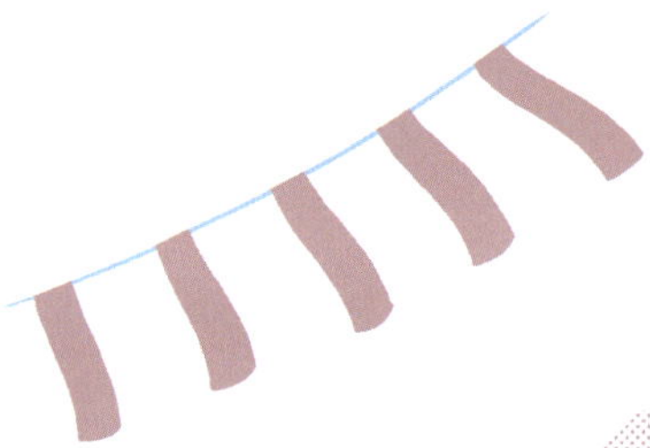

Pour effaroucher momentanément le loup, les bergers alternent aussi entre rubans, fumigènes, détonations, éclairages, odeurs répulsives et tirs non mortels avec des balles en caoutchouc.

Le loup fait partie des espèces protégées en Europe, car c'est une espèce clé de voûte. On en compte environ 1 000 aujourd'hui sur le territoire français. Difficiles à observer, on les suit de loin en comptant le nombre de jeunes à la fin de l'été (ils répondent aux hurlements des scientifiques !), en relevant les traces et les pistes dans la neige, les carcasses de proies qu'ils ont laissées, les crottes, ou en posant des pièges photo avec détecteur de mouvement.

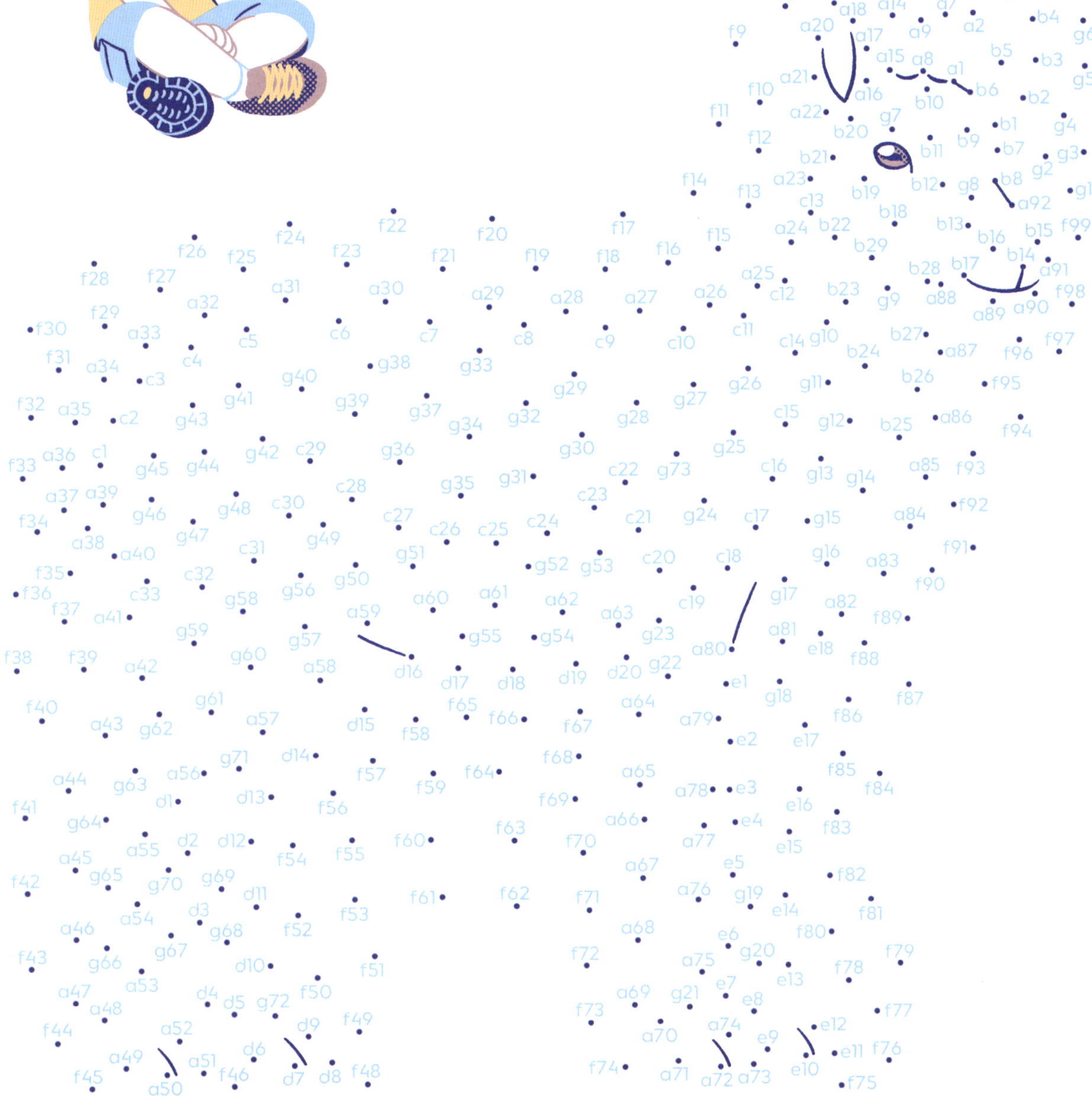

Relie ces différentes séries de points : a1 - a92 ; b1 - b29 ; c1 - c33 ; d1 - d20 ; e1 - e18. Tu découvriras l'isard, une proie du loup dans les Pyrénées !

PATOUS

Les chiens de protection grandissent souvent avec le troupeau. Ils ont donc un attachement très fort pour les brebis, qui sont pour eux comme une famille.

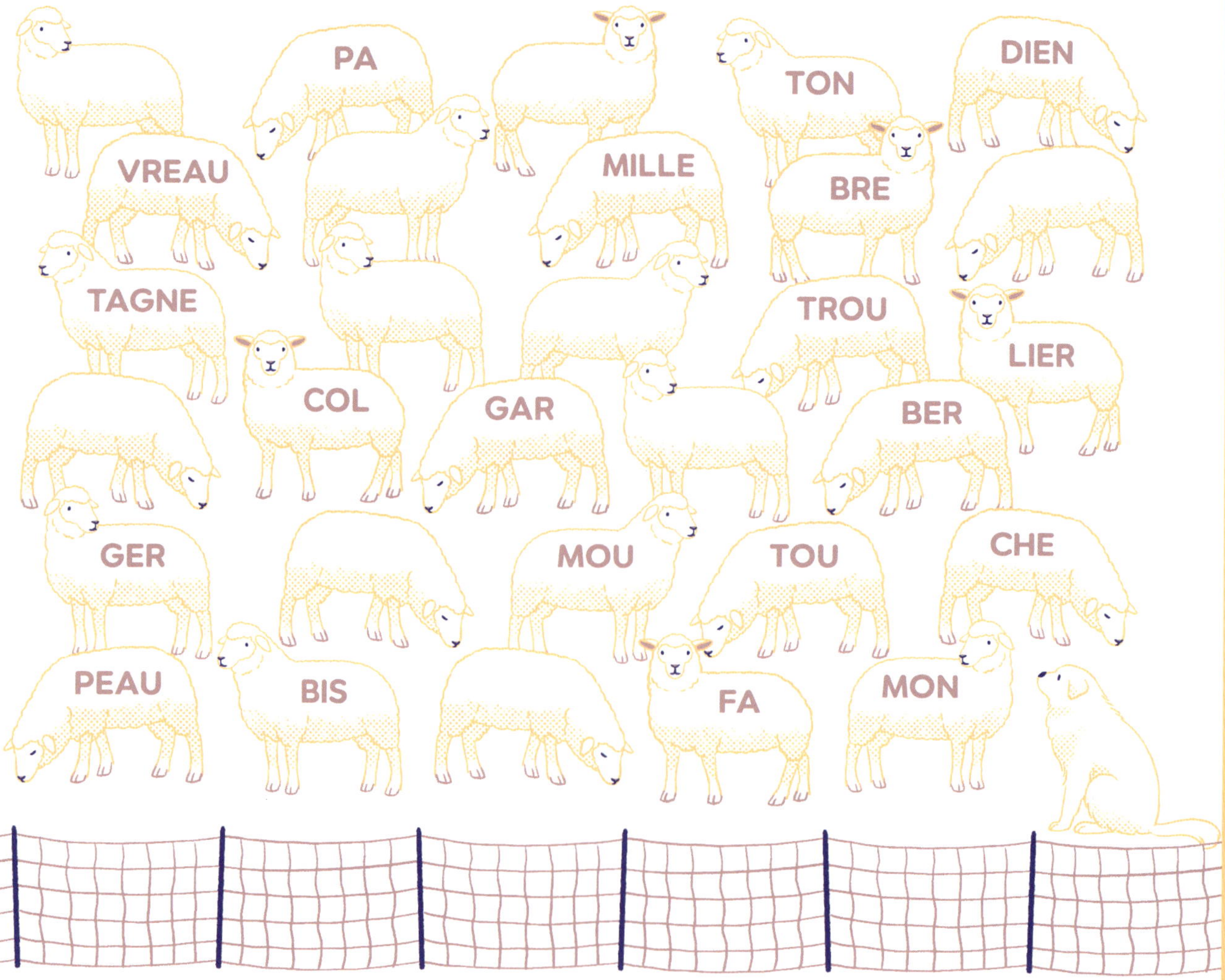

Associe les brebis deux par deux pour reformer 10 mots dans l'espace sous l'enclos.

Chiens de protection

Les chiens de protection sont généralement des chiens de race montagne des Pyrénées (aussi surnommés **« patous »**), de grande taille, avec un aboiement puissant.

Ils accompagnent les troupeaux pour dissuader les **prédateurs** (loup, lynx, ours…) de s'en approcher, même quand l'éleveuse ou le berger n'est pas là.

Attention ! Il ne faut pas le confondre avec le **chien de conduite**, plus petit, vif et agile, comme le berger australien, qui se contente de rassembler le troupeau et de le pousser dans le bon sens.

Depuis quelques années, avec le retour des grands prédateurs, le chien de protection est devenu indispensable pour les éleveurs. Mais les **randonneurs** n'y sont pas habitués et il y a eu des accidents. En effet, dès qu'il sent un danger, le chien de protection s'interpose entre l'intrus et le troupeau et peut alors aller jusqu'à l'affrontement.

Les parcs naturels communiquent donc beaucoup sur les **bons gestes** à adopter.

L'irruption d'un élément étranger au troupeau (chien non tenu en laisse, promeneur, VTT…) met le chien de protection en **alerte**. Il peut tenter d'intimider en aboyant, mais va généralement venir **flairer** l'intrus pour l'identifier. Il faut donc rester très **calme** et éviter les gestes brusques, s'arrêter ou descendre de son vélo, ne pas tenter de le caresser ou de le prendre en photo, ne pas fuir en lui tournant le dos. Une fois le danger écarté, il retourne à son troupeau et le randonneur à sa balade !

À HAUTEUR D'HUMAIN

C'est bientôt l'été, les bergers conduisent les troupeaux dans la montagne, où la végétation naturelle est abondante.

Conduis le troupeau en altitude jusqu'aux prairies.

Pastoralisme de montagne

Quand un éleveur pratique le **pastoralisme**, ses vaches, brebis ou chèvres passent l'hiver à l'étable et l'été dans les prairies en altitude.

Ce **mode d'élevage ancien** présente de nombreux bienfaits :

- prévient les incendies (les animaux débroussaillent les terrains) et les avalanches (l'herbe broutée retient mieux la neige)
- stocke du carbone (les prairies riches en plantes en piègent beaucoup plus)
- entretient les paysages (une prairie non broutée se couvre de buissons)
- développe la biodiversité (les prairies contiennent des fleurs, insectes, petits mammifères...)
- crée de l'emploi (bergers, fromageries...)

Une fois en **altitude**, les bergers logent parfois dans une **cabane pastorale**, autour de laquelle est regroupé le troupeau pour la nuit. Ces maisonnettes, aussi appelées chalets d'alpage ou cabanes d'estive, ont été construites il y a longtemps, avec les matériaux trouvés sur place (pierre ou bois), dans des lieux pentus, isolés, au climat rude.

La nourriture et tout le nécessaire sont montés à dos d'âne ou par hélicoptère. Il ne faut pas confondre les cabanes d'estive avec les **refuges**, destinés à accueillir les randonneurs !

Aujourd'hui, l'Union européenne et les collectivités locales financent la **rénovation de ce patrimoine** abandonné ou la construction de nouvelles cabanes plus confortables : avec le retour du loup, la **présence humaine** est devenue primordiale pour protéger les troupeaux.

Depuis 2023, l'UNESCO reconnaît la transhumance comme patrimoine culturel immatériel de l'humanité. C'est dire si elle est importante !

_ _ _ _ _ _ _ _ _ !

_ _ _ _ _ _ _ _ _ _   _ _

_ _ _ _ _ _ _ _ _ _ _ _ _

Décode ce message à l'aide du code fourni.

Troupeaux nomades

La **transhumance** est plus qu'une pratique agricole, c'est une **coutume ancestrale** de montagne, qui démontre le lien très fort entre les bergers, leurs troupeaux et la nature.

Afin de fuir les plaines trop chaudes et profiter des herbes bien fraîches disponibles en altitude, certains éleveurs prennent la route avec leurs animaux (brebis, moutons, chèvres, vaches et même chevaux), parfois pendant plusieurs jours, pour y passer l'été.

Sur place, ils peuvent fabriquer du « fromage d'alpage ».

Le **lait**, riche, crémeux et très parfumé grâce aux différentes plantes et fleurs broutées par les animaux, donnera aux fromages des **saveurs uniques et complexes**.

En plus de ravir nos papilles, la transhumance joue un rôle pour l'environnement (les prairies broutées repoussent avec plus de variété) et pour les paysages (les prairies sont fleuries et ne deviennent pas des champs de broussailles).

La transhumance est parfois l'occasion d'une **grande fête** de village, où les vaches sont parées de cloches et de couronnes de fleurs !

Mille et un fromages

La montagne est l'endroit parfait pour élever des animaux qui produisent du **lait** : ils y trouvent de bonnes herbes à manger sur des terrains en pente, où les humains ne peuvent pas facilement cultiver. C'est pour cette raison qu'on trouve tant de fromages dans nos montagnes.

Grâce à une grande biodiversité, les Français produisent plus de **1 000 fromages** différents ! Suivant la race de vache, de brebis ou de chèvre, mais aussi les herbes et fleurs mangées dans les prairies, le lait (et donc le fromage) n'a pas le même goût. La forme, le mode de pressage, le temps de séchage, le travail de la croûte, l'ajout d'ingrédients, la météo, vont changer la texture, la couleur et le goût de chaque fromage.

Sans biodiversité (des races animales, des plantes qu'elles consomment, des traditions locales et des humains qui habitent un territoire), on ne mangerait qu'un seul fromage, qui aurait toujours le même goût...

Appellation d'origine protégée (AOP)

Comme chaque fromage artisanal dépend d'un équilibre précis et fragile, on préserve leur caractère unique et on les protège des imitations. Pour recevoir le label AOP, les producteurs doivent respecter des règles strictes de fabrication et surtout produire leur fromage dans une région précise. Une fois le label imprimé sur l'emballage, les gourmands sont sûrs d'acheter le « vrai » fromage historique.

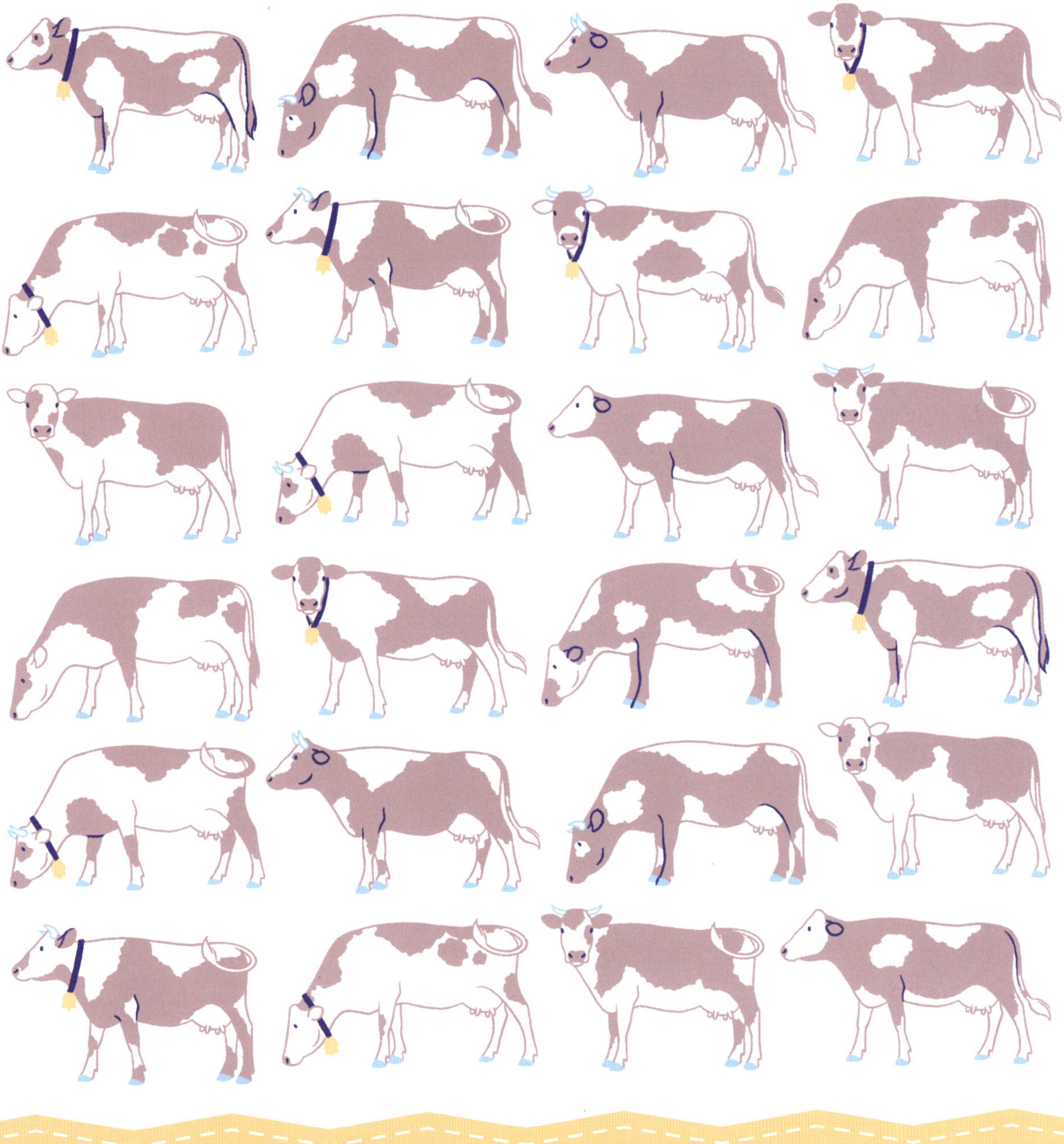

Retrouve les 2 vaches montbéliardes qui n'ont pas de jumelle.

Trouve le bon itinéraire pour relier chaque panneau à son chalet en additionnant les chiffres.

Chalets

Les **chalets** sont les maisons typiques des régions montagneuses. Les premiers à en construire étaient les **éleveurs**, qui y fabriquaient et y conservaient leur fromage. Les vaches vivaient au rez-de-chaussée et leurs corps chauffaient ainsi les humains à l'étage. Ces maisons reposent sur un soubassement en pierres, encore plus résistantes à la pluie et à la neige que le bois.

Les montagnes étant recouvertes de forêts, il est facile de se procurer localement différentes essences de **bois**, qui ont chacune des qualités différentes : on utilisera mélèze, épicéa, pin sylvestre ou sapin suivant que l'on construira la charpente, les murs ou la décoration intérieure.

Le bois est un matériau naturel, très solide, isolant (il ne laisse pas entrer la chaleur, le froid ou le bruit), parfait pour faire face aux rigueurs de l'altitude. Le **mélèze** est l'un des bois les plus solides et résistants aux intempéries. Il est **imperméable** et se protège des insectes grâce à la **résine** qu'il contient.

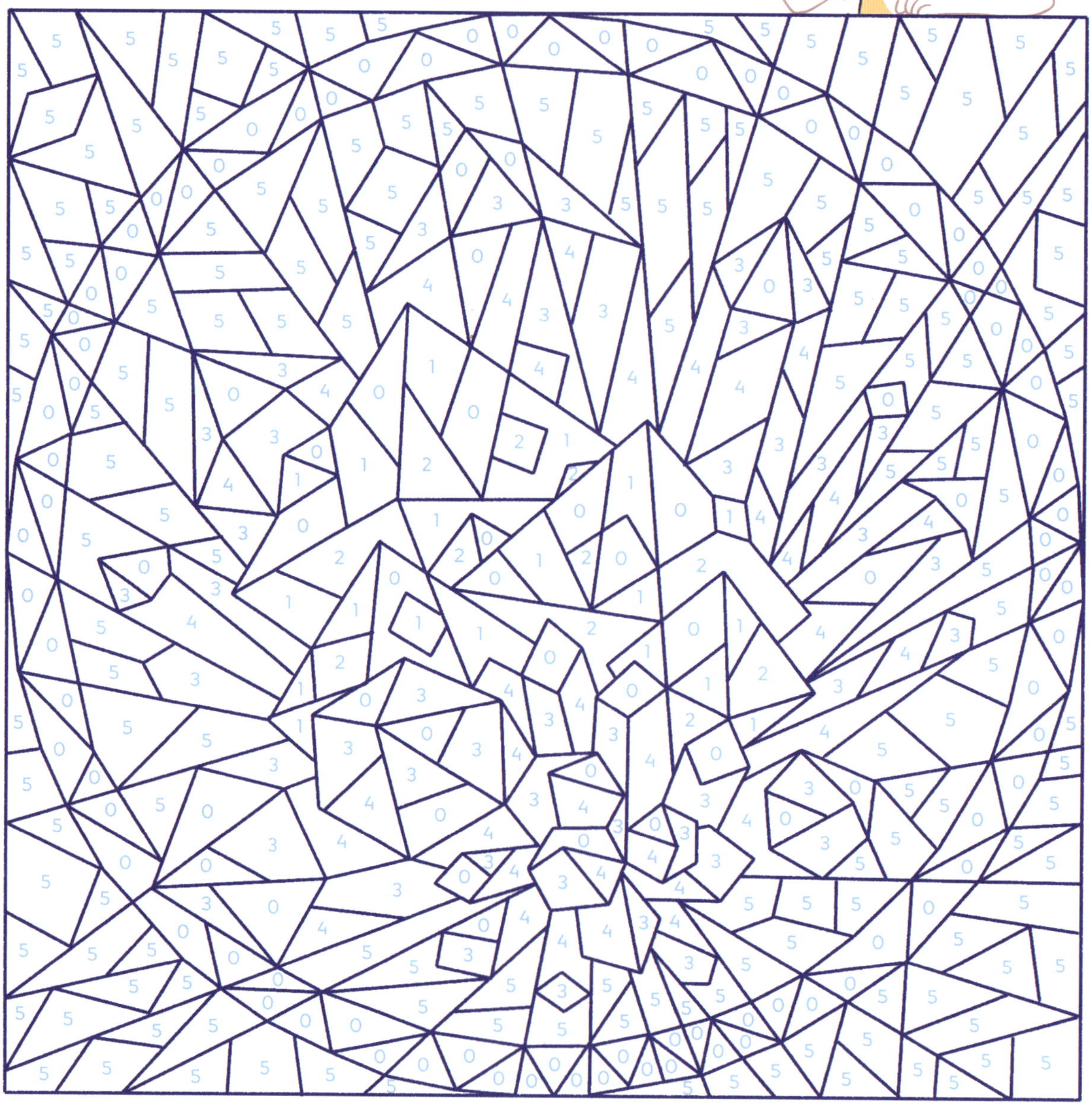

0 : blanc • 1 : rose • 2 : rouge • 3 : bleu clair • 4 : bleu foncé • 5 : jaune

Colorie chaque chiffre de la couleur indiquée pour découvrir le trésor des montagnes.

Passion : cristallier

Sous la pression des plaques tectoniques (qui forment les montagnes) et la chaleur du magma, certains minéraux fondent à des kilomètres de profondeur. Quand l'eau s'infiltre, elle emporte avec elle cette matière qui, en refroidissant, forme des **cristaux** dans des failles de la roche.

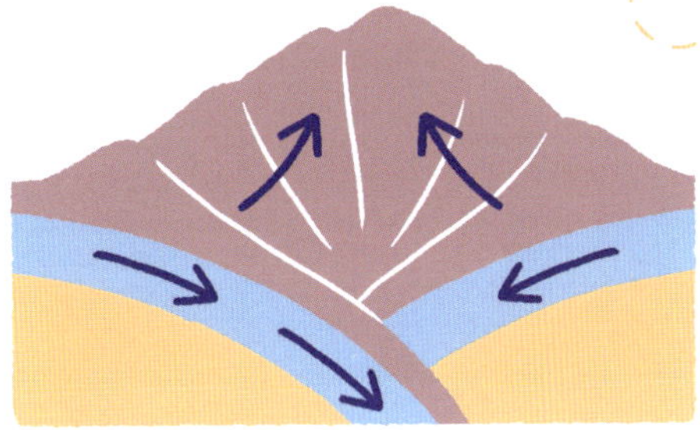

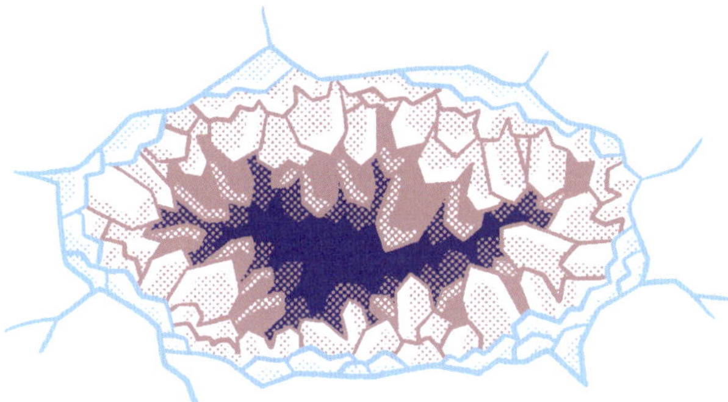

Ces pierres dures et transparentes sont apparues il y a des millions d'années. Comme les montagnes poussent continuellement, les humains découvrent ces failles quand le sommet des montagnes s'effrite, grâce à l'érosion naturelle. La fonte des glaces due au réchauffement climatique fait aussi apparaître de nombreux **« fours »**, ces fissures tapissées de cristaux.

La géologie particulière du massif du Mont-Blanc engendre les plus beaux spécimens de **fluorine** (rose ou rouge vif) et de **quartz** vrillé ou fumé (de blanc à marron).

Ceux qui arpentent les montagnes pour trouver ces cristaux et les vendre sont les **cristalliers**. L'activité étant risquée, ils doivent être de très bons alpinistes (ce sont souvent des guides de haute montagne).

Un code d'honneur

Pour éviter que la montagne ne soit pillée, les cristalliers doivent respecter une charte : l'usage d'explosifs, de machines et d'hélicoptères est interdit, ils doivent ramasser les minéraux selon la tradition ou encore les déclarer en mairie, qui peut les leur acheter pour préserver ce patrimoine.

Thermalisme

Ce sont les **Romains** qui ont créé les premiers édifices thermaux dans tout l'Empire. La France compte aujourd'hui 90 **stations thermales**, et la moitié d'entre elles se trouvent en montagne !

Les **eaux thermales** sont des eaux souterraines naturellement chaudes très riches en **minéraux**, dont elles se sont chargées en traversant les roches. Ces minéraux sont reconnus pour guérir de nombreuses **maladies** et chacun a des bienfaits différents. On se rend donc dans les stations thermales pour faire une cure de ces eaux bonnes pour la santé.

Soufre infections respiratoires, asthme

Calcium affections rénales

Cuivre soins de la peau

Arsenic allergies

Lithium anxiété

Sodium estomac et intestins

Chlorure de sodium croissance

Pour que ces éléments **pénètrent** au mieux dans le corps, les eaux sont utilisées de différentes manières : en boisson, en bain, en jet, en vapeur, en enveloppement de boue...

Connais-tu le **« vaporarium »** de Bagnères-de-Luchon, dans les Pyrénées ? Il s'agit d'un réseau de 150 mètres de galeries souterraines, dont les parois laissent échapper de la vapeur d'eau. Il fait environ 40 °C dans ce hammam totalement naturel, unique en Europe. On s'y pose un moment pour se détendre et profiter de ses bienfaits pour la peau et les voies respiratoires.

Lorraine en maillot à pois a donné la clé à sa **voisine de gauche**. Celle-ci l'a fait tomber, mais le **monsieur au peignoir qui n'est pas jaune** l'a confiée à la **personne juste en-dessous** de lui (Charlie). Charlie l'a rangée dans la poche de son peignoir, qu'elle a prêté au **monsieur chauve**. Avant d'aller au massage, celui-ci a remis la clé à son ami **Guillaume en caleçon rayé**. Guillaume a laissé la clé sur la table du déjeuner et **Myrtille l'a glissée sous la serviette qu'elle a sur la tête**, avant de la confier à la **maître-nageuse**. Enfin cette dernière l'a confiée au **monsieur portant une serviette sur l'épaule**, qui l'a donnée à **Sofia** puisqu'elle retournait au vestiaire. Sofia porte un chignon haut.

Reconstitue le parcours de la clé du vestiaire et trouve qui est en sa possession.

Trouve les 7 différences entre ces deux images.

Sports d'hiver

Avec le réchauffement climatique, les **hivers** sont **moins froids** et les stations de sports d'hiver ne sont plus assez enneigées. Elles tirent alors de l'eau souterraine et l'envoient sur les pistes à l'aide de gros **canons** pour la faire retomber en neige (quand il fait assez froid). Cette pratique consomme beaucoup d'énergie et puise beaucoup d'**eau douce**, qui devient rare.

Certaines communes construisent de nouvelles stations encore plus haut, mais les installations pour le ski **fragilisent ces écosystèmes invisibles**, car situés sous la neige.

Pour ne pas fermer définitivement et s'appuyer sur des revenus plus réguliers, certaines stations proposent plus d'**activités toute l'année**. Elles attirent ainsi les touristes en toute saison et offrent de nouvelles habitudes aux habitants :

accrobranche, escalade, VTT (qui utilisent les remontées mécaniques), trail, randonnée, luge d'été, mais aussi patrimoine, visite de fermes, festivals, découverte de l'environnement... La montagne ne se limite pas au ski !

Eté comme hiver, on reste sur les pistes pour ne pas abîmer les milieux fragiles et déranger au minimum les espèces !

Camping sauvage

Le **bivouac** est un campement simple en pleine nature. On s'installe au coucher du soleil et on replie sa tente au lever du jour. L'objectif est de se sentir seul au monde pour se connecter à la nature. C'est une expérience inoubliable.

Pour bivouaquer en montagne et ne pas menacer un écosystème déjà fragile, il faut **se faire oublier** et respecter quelques règles importantes :

Choisir un lieu approprié et autorisé par la réglementation (certains sites naturels protégés ou classés, réserves et cœurs de parcs nationaux sont interdits) il faut donc se renseigner localement.

Emporter ses déchets, même de nourriture (les animaux n'y sont pas forcément habitués), et pourquoi pas, ramasser ceux que l'on trouve.

Ne pas faire de feu de camp et apporter son réchaud. On évite ainsi de couper la végétation et de créer des incendies dévastateurs.

Respecter la faune et la flore, ne pas se baigner dans les lacs d'altitude (on évite de déranger la ponte, piétiner des berges fragiles, laisser des traces de crème solaire...), on laisse les fleurs aux pollinisateurs et les pierres à leur place.

Trouve la tente qui respecte les règles du bivouac.

Les écogardes

Les écogardes sont des professionnels de la biodiversité, de la protection de la nature et du patrimoine naturel. Ils et elles sont employés par une mairie ou une collectivité territoriale pour travailler sur un territoire précis. Ils ont trois grandes missions :

La protection de la nature

Freiner les actes de malveillance, le braconnage, les décharges sauvages, prévenir les incendies, créer des zones de quiétude pour les espèces et sites fragiles (réserves naturelles, lieux de nidification...), faire appliquer les règles environnementales.

L'étude de la faune et de la flore

Réaliser des inventaires faune-flore, effectuer des missions de comptage, de marquage ou de baguage, de suivi sanitaire d'espèces animales précises, recueillir des données utilisées ensuite par les scientifiques.

L'accueil et l'information du public

Sensibiliser les touristes, les sportifs et les écoles à la protection de l'environnement, transmettre ses connaissances, car informer c'est protéger. Réaménager les sentiers de randonnée abîmés, reconstruire les passerelles après des inondations ou tempêtes.

Suivant qui les emploie, les écogardes s'appellent aussi des gardes nature ou des gardes verts.

Trouve les écogardes identiques pour découvrir les 2 qui sont uniques.

LES SERVICES ÉCOSYSTÉMIQUES

L'harmonie de la nature ne permet pas seulement aux humains de vivre confortablement. Si cet équilibre était rompu, les êtres vivants, humains compris, risqueraient de disparaître.

La vie des humains dépend des biens et des services que la nature procure. On les appelle **« services écosystémiques »** et on les classe en trois catégories :

Les services de régulation

L'écosystème montagnard renforce ou affaiblit les phénomènes naturels pour notre bien

- **Pollinisation** (les insectes permettent aux fleurs de devenir des fruits)
- **Climat** (stockage important de carbone dans les sols et forêts, stabilisation des sols, baisse des températures grâce aux arbres)
- **Qualité de l'air** (filtration de la pollution, création d'oxygène)
- **Érosion** (la végétation empêche les glissements de terrain et avalanches)
- **Maladies** (protection contre les parasites par les prédateurs)
- **Catastrophes naturelles** (l'absorption des pluies évite les crues torrentielles)

Les services d'approvisionnement

L'écosystème montagnard nous fournit des produits

- **Eau douce** (retenue dans les glaciers, sources d'eau minérale)
- **Alimentation** (arbres fruitiers, légumes, viande, fromage)
- **Matériaux** (bois et roche pour construire, laine pour s'habiller)
- **Énergie** (chaleur grâce au bois, électricité grâce au soleil, au vent, aux rivières)
- **Médicaments** (plantes médicinales)
- **Ressources génétiques** (chaque race animale s'adapte à un environnement précis)

Les services culturels

L'écosystème montagnard nous procure aussi des bienfaits que l'on ne peut pas toucher

- **Récréation** (escalade, randonnée, bivouac…)
- **Éducation** (parcs animaliers, classes découverte)
- **Inspiration** (chansons, livres, tableaux, films, idées pour la science)
- **Patrimoine** (un massif ou une altitude unique crée une culture régionale)
- **Traditions/Religion** (monuments et lieux sacrés liés à la montagne)

Lexique de la montagne

Activités humaines

Ensemble des actions menées par les humains pour vivre : construction de bâtiments, de routes, exploitation du sol pour l'agriculture, trajets en avion, en train, présence de visiteurs sur les lieux touristiques… Elles peuvent empiéter sur le domaine naturel et parfois le détruire.

Adret

Entre deux montagnes, côté le plus ensoleillé de la vallée, le plus favorable aux cultures et à l'habitat, opposé à l'ubac.

Anthropisation

Modification ou transformation de la nature par les humains.

Arrage

Mode d'élevage des animaux en liberté avec uniquement des visites régulières du berger.

Bergère, Berger

Personne qui garde les moutons, chèvres, brebis, qui prend soin du troupeau.

Biodiversité

Richesse de la nature en animaux, en plantes et en habitats variés. Chaque espèce a ses particularités suivant où et comment elle vit : des dents pointues pour manger de la viande, une forme de feuille pour se cacher des prédateurs, un fruit appétissant pour attirer les oiseaux, une tige flexible pour résister au vent…

Biomasse

Masse totale de tous les êtres vivants occupant, à un moment donné, un biotope bien défini.

Biotope

Petite zone géographique dont les habitants profitent de conditions de vie qui restent globalement les mêmes.

Boréal

Qui est relatif à l'hémisphère Nord de la planète (conditions glaciales).

Braconner, braconnage

Chasser ou pêcher de manière illégale, c'est-à-dire sans permis, sur des lieux réservés ou avec des moyens interdits.

Brassage génétique

Quand les animaux se reproduisent, chacun transmet à ses petits ses gènes (imagine un code barre contenant toutes les caractéristiques de l'animal : pelage, taille, poids, dents, yeux, comportement…) Le petit reçoit donc un nouveau code barre, avec des barres de son père et des barres de sa mère. Le brassage génétique, c'est la capacité des barres à être très variées. Quand elles sont trop identiques sur plusieurs générations, les animaux sont en moins bonne santé.

Cabane d'estive

Petite cabane simple de montagne construite par les bergers et utilisée l'été pour rester auprès du troupeau.

Chaîne alimentaire

Ensemble des êtres vivants se nourrissant les uns des autres suivant un certain ordre. Les premiers maillons de la chaîne sont les minéraux, intégrés par les végétaux ou bactéries, eux-mêmes mangés par des animaux ou insectes herbivores, eux-mêmes mangés par des animaux carnivores.

Collectivité territoriale

Région, département ou groupe de villes, qui prend ses propres décisions dans certains domaines (éducation, transports, tourisme…).

Détritivore

Se dit d'une espèce vivante qui se nourrit de débris animaux (cadavres, mues) et végétaux (morceaux cassés, plantes mortes). Elle joue un rôle essentiel de recyclage dans la chaîne alimentaire.

Écosystème

Un écosystème (la Terre, une forêt, ton jardin) est un ensemble d'organismes vivants (animaux, insectes, plantes) et non vivants (rochers, sable, eau de mer…) qui s'aident les uns les autres pour vivre, manger, faire grandir leurs bébés, se protéger, dormir, pousser…

Endémique

Animal, végétal qui n'existe que dans un lieu donné.

Envergure

Taille d'un oiseau d'un bout à l'autre des ailes déployées.

Érosion

Usure et transformation des terres et des roches par la pluie, le vent, les vagues… Les reliefs d'une région changent avec l'érosion.

Espèce clé de voûte

Espèce animale ou végétale indispensable au bon fonctionnement d'un écosystème, par son action sur toute une chaîne alimentaire. Si cette espèce disparaît, plein d'autres espèces disparaissent aussi.

Le ver de terre, l'abeille, le chien de prairie, mais aussi des espèces végétales comme le bouleau ou la sphaigne sont des espèces clés de voûte.

Espèce protégée

Espèce d'animal ou de plante qu'un pays protège par la loi pour éviter qu'elle ne disparaisse totalement. Les hérissons, les écureuils, les castors, les loutres, les loups, les lynx, les ours, les vipères aspic, les salamandres noires sont des espèces protégées en France.

Faune et flore

Ensemble des animaux (faune) et des plantes (flore) d'une région, d'un milieu.

Fèces

Nom scientifique des crottes.

Géologie

Ensemble des caractères du sous-sol d'une région (terrains, formations rocheuses...)

Herbivore

Animal se nourrisant exclusivement de végétaux. Pour les insectes, on dit plutôt phytophage et pour l'humain, végétalien.

Hibernation

État d'engourdissement où tombent certains mammifères à l'arrivée de l'hiver et qui leur permet de survivre malgré des aliments rares.

Lande

Milieu naturel pas complètement accessible à l'être humain, mais pas encore recouvert d'arbres, et dominé par des arbustes.

Liste rouge UICN

La Liste rouge rédigée par l'UICN (Union internationale pour la conservation de la nature) est un inventaire des espèces végétales et animales de la planète. C'est un outil qui évalue l'état d'une espèce et le risque qu'elle disparaisse.

LPO

Ligue pour la protection des oiseaux. Depuis sa création en 1912, elle œuvre pour la protection de la nature, en menant trois grandes missions : la connaissance et la conservation de la biodiversité ; la préservation et la gestion des espaces naturels ; l'éducation à l'environnement et la mobilisation de la société.

Massif

Ensemble de montagnes très regroupées, à la différence de la chaîne, de forme plus allongée.

Milieu

Cadre, environnement dans lequel vit un organisme et qui détermine son comportement. Si un animal vit dans un milieu montagnard, cela implique qu'il peut résister au froid, supporter l'altitude, trouver sa nourriture...

Minéraux

Éléments naturels qui ne sont pas des êtres vivants, comme les roches et les cailloux.

Nappe phréatique

Nappe d'eau que l'on rencontre à faible profondeur. Elle alimente les puits et les sources en eau potable.

Neiges éternelles

Couverture neigeuse des sommets qui ne fond pas, en principe, même pendant l'été.

Nicher

Pour un oiseau, faire son nid.

ONF

Office national des forêts. Ses missions principales sont la production de bois, le renouvellement des forêts, la préservation de la biodiversité et l'accueil des publics.

Ongulé

Animal dont les pieds sont terminés par de la corne, des sabots (mouton, mouflon, cerf, sanglier, vache, chamois, cheval, chevreuil...)

ONU – Organisation des Nations unies

Organisation internationale qui permet aux gouvernements de ses pays membres (193) de trouver des domaines d'entente et de résoudre ensemble des problèmes.

Pastoralisme

Mode d'exploitation agricole fondé sur l'élevage d'animaux en pâturages naturels.

Parc national

Grande zone où la nature est protégée.

Patrimoine

Ce que les générations avant nous ont laissé et qui profite à tous (les monuments et traditions, mais aussi les sites naturels).

Patrimoine culturel immatériel (PCI)

Ce patrimoine est hérité de nos ancêtres et appartient à tous, mais il ne comprend que des choses que l'on ne peut pas toucher (immatériel). Il recouvre les expressions et traditions orales, les pratiques sociales, les rituels, les événements festifs, les savoirs et pratiques artistiques, les savoir-faire artisanaux, la cuisine ou encore les connaissances en lien avec la nature et l'univers.

Patrimoine mondial de l'UNESCO

Ensemble de biens culturels et naturels concrets ayant un intérêt exceptionnel pour l'héritage commun de l'humanité.

Pesticide

Produit chimique employé pour éliminer les animaux, végétaux et champignons qui abîment les récoltes des humains.

Piémont

Bande de plaines ou de collines située au pied d'une montagne.

Photosynthèse

Les plantes vertes créent leur nourriture et grandissent grâce aux rayons du soleil. Elles absorbent de l'eau et du gaz carbonique de l'air pour créer de l'oxygène.

Prairie

Terrain couvert d'herbe utilisée pour l'alimentation des animaux.

Prédateur

Espèce animale qui se nourrit d'autres animaux vivants, ses proies. L'humain est un prédateur, le faucon et la belette aussi !

Pression anthropique

Issue des activités humaines, cette pression crée un stress et provoque des perturbations, des dommages ou la disparition d'éléments d'un écosystème, ponctuellement ou pour toujours.

Rapace

Oiseau carnivore possédant des serres, un bec puissant, arqué et pointu.

Réintroduction

Réintroduire une espèce, c'est essayer de l'implanter dans une zone qu'elle occupait autrefois, mais d'où elle a été éliminée ou d'où elle a disparu.

Sels minéraux

Substances minérales qui n'apportent pas d'énergie, mais qui jouent un rôle important dans le fonctionnement des êtres vivants, comme le calcium ou le magnésium. Ils sont toujours absorbés par l'alimentation, les êtres vivants ne les fabriquent pas.

Superprédateur

Animal tout au sommet de la chaîne alimentaire, qui n'a pas de prédateur, comme le requin, l'ours, le loup ou l'humain.

Territoire

Étendue de la surface terrestre sur laquelle vit un groupe humain ou animal.

Transhumance

Déplacement des troupeaux de la plaine vers la montagne pendant l'été, pour se nourrir d'herbes fraîches.

Ubac

Versant d'une montagne exposé au nord et donc moins ensoleillé.

Urbain

Qui appartient à la ville.

Végétaux

Par rapport aux animaux, les végétaux sont des êtres vivants qui ne se déplacent quasiment pas. Les fleurs, plantes, arbres... se nourrissent d'éléments simples (sels minéraux et gaz carbonique).

Vivant

Le vivant regroupe tous les êtres qui naissent et meurent sur Terre, aussi bien un humain qu'un escargot, une bactérie, un arbre ou un mille-pattes.

DIPLÔME D'HONNEUR

DE SPÉCIALISTE DES ÉCOSYSTÈMES

OPTION MONTAGNE

L'Union des écosystèmes te félicite d'avoir eu la curiosité, l'intelligence et la débrouillardise nécessaires à cette aventure montagnarde.

Tu peux désormais transmettre tes nouvelles connaissances sur le vivant à tes ami.e.s et ta famille.

Félicitations !

Décerné à : ______________________ Le : ______________

La présidente

Winnifred Blair

UNION DES ÉCOSYSTÈMES

Paper toy

Matériel

Pour monter ta figurine de Lou, tu auras besoin d'une paire de ciseaux pointus, de colle liquide (ce sera plus difficile avec un stick) et d'un bâtonnet rigide de type cure-dent, pic à brochette ou coton-tige...

Tu auras aussi peut-être besoin de l'aide d'un adulte, assure-toi d'en avoir un sous la main.

Comment monter ton paper toy ?

- Commence par découper proprement tous les éléments de la page suivante, le long des lignes pleines.
- Plie soigneusement chaque élément le long des lignes en pointillés.
- Les petites languettes triangulaires sont destinées aux formes arrondies (les coins de la tête, de la casquette, le haut du sac à dos). Les languettes longues seront à coller sur les parties droites.
  Astuce : prends le temp d'appuyer quelques secondes sur chaque languette pour bien les coller. Pose l'élément sur une surface dure et plane et appuie doucement bien à plat contre la languette. Utilise éventuellement le bâtonnet si tu trouves tes doigts trop gros !
- Commence par former le corps de Lou. Ensuite, attelle-toi au sac à dos, les languettes triangulaires en premier, et colle-le dans le dos de Lou.
- Ensuite, forme la tête et la casquette de Lou, languettes triangulaires toujours en premier, enfonce-lui sur la tête en veillant à plier la visière vers le ciel, puis colle le tout sur le corps.
- Il ne te reste plus qu'à former les deux bras et à les coller le long du corps.

Bravo, c'est prêt !

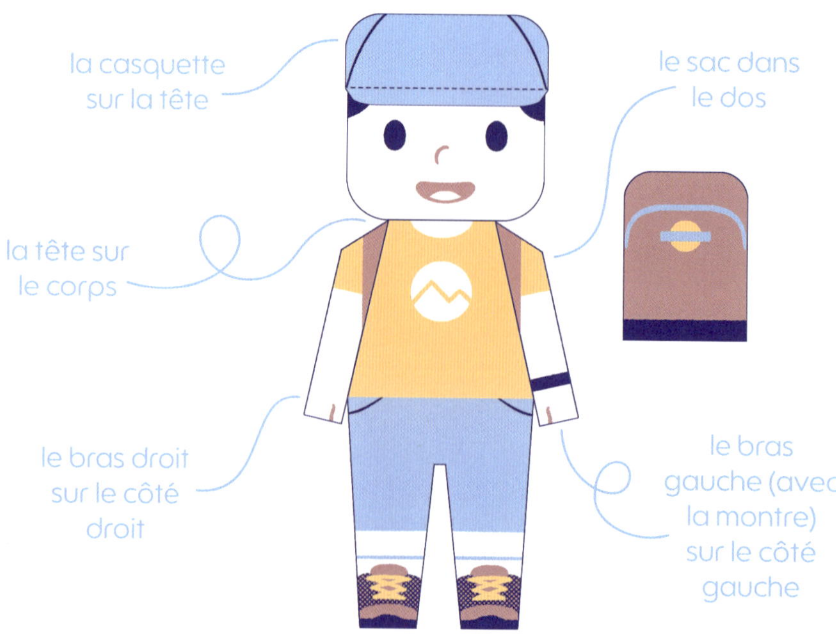

tête
bras gauche
casquette
sac à dos
corps
bras droit

Solutions

Page 10 • Affiches : la bonne affiche est tout en bas, au milieu

Page 13 • Circuit :

Page 14 • Glagla : (à l'horizontale) ours, plume, mousqueton, bonnet, bois, neige - (à la verticale) sac à dos, gourde, sapin, boussole, montagne - mot mystère : glacier

Page 16 • Carbone :

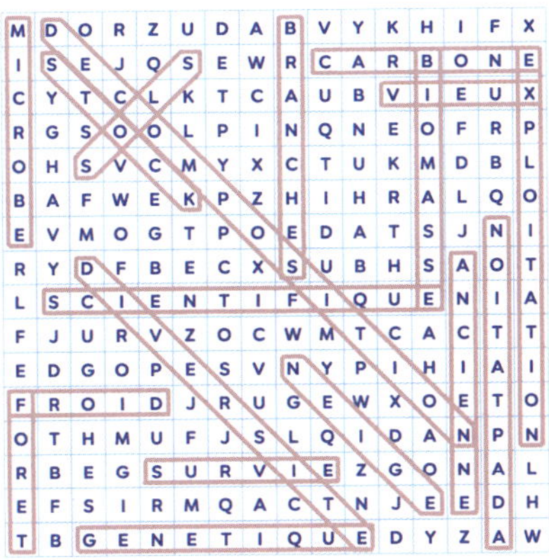

Page 18 • Bonnes idées : climat, écosystème, biodiversité, montagne

Page 21 • Lave : un volcan en éruption !

Page 23 • Mille-fleurs : chaussure, chaussette, montre, tasse, paquet de biscuits, coquillage, carnet, peau de banane, mousqueton, chapeau

Page 24 • Champs fleuris : prairie, botaniste, troupeau, sauvage

Page 26 • Parcs :

Page 31 • Dodo :

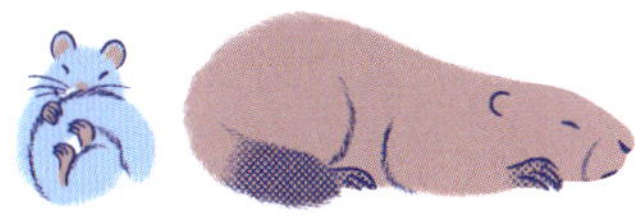

Page 34 • Produits :
(à l'horizontale) couteau, fromage, châtaignes, miel, horloge - (à la verticale) myrtilles, laine, noix, cloche, lait, jouets - mot mystère : artisan

Page 36 • Silhouettes : 1 - e, 2 - d, 3 - a, 4 - f, 5 - b, 6 - c

Page 40 • Faune : bec : aigle royal - hiberne en groupe : marmotte - plumes orange : gypaète - cornes : chamois - humains : brebis - *Capra Ibex* : bouquetin - queue : loup - 2 pattes : ours - il reste le lynx !

Page 42 • Lynx :

Page 45 • Isard :

Page 46 • Patous : patou, brebis, collier, berger, famille, chevreau, troupeau, gardien, montagne, mouton

Page 50 • Troupeaux :

Page 52 • Voyage : Attention ! Itinéraire de transhumance

Page 55 • Vaches :

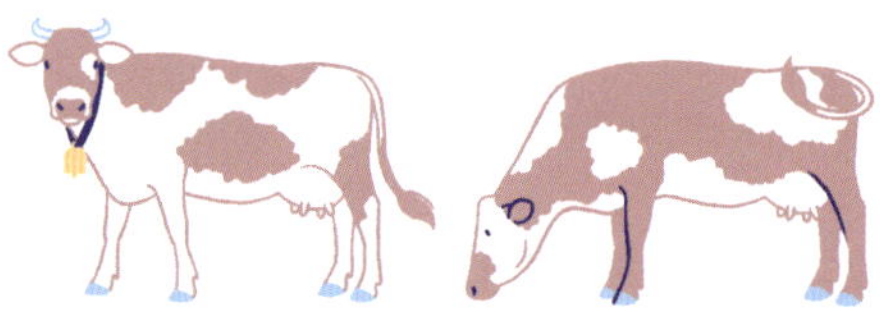

Page 56 • Bois : 32 = 6+3+3+10+6+4, 33 = 9+3+2+5+7+7, 40 = 3+7+2+3+8+6+3+8

Page 58 • Trésor : tu as trouvé la fluorine sur quartz !

Page 61 • Santé :

Page 62 • Ski :

Page 65 • Bivouac : tentes bleues : musique et cairn ; tentes jaunes : déchets et feu ; tentes taupe : maillot mouillé par la baignade et bouquet de fleurs ; la bonne tente est celle aux chaussures et réchaud !

Page 67 • Gardiens :

Ressources

Pour en savoir plus sur les différents sujets abordés dans ce livre, tu trouveras une mine d'informations sur ces sites Internet :

Panda Club
Magazine et site Internet spécial enfants du WWF • **www.pandaclub.ch/fr**

LPO - Ligue pour la protection des oiseaux
Site Internet de l'association de protection de la nature • **www.lpo.fr**

OFB - Office français pour la biodiversité
Site Internet très complet sur la biodiversité • **www.ofb.gouv.fr**

Ferus
Site Internet de l'Association nationale pour la défense et la sauvegarde des grands prédateurs • **www.ferus.fr**

Parcs nationaux
Le portail de tous les parcs français • **www.parcsnationaux.fr**

Mountain riders
Site Internet de l'association d'éducation à la transition écologique • **www.mountain-riders.org**

Le Bestiaire rouge
Magnifiques portraits du vivant, bourrés d'informations • **www.lebestiairerouge.com**

ASPAS
Site de l'association pour la protection des animaux sauvages • **www.aspas-nature.org**

Salamandre
Magazine incontournable pour les enfants passionnés de nature • **www.salamandre.org**

ONF - Office national des forêts
Tutos, podcasts, kits et jeux conçus spécialement pour les enfants • **www.onf.fr/vivre-la-foret/special-jeune-public**

Jamy Épicurieux
Chaîne YouTube pour les petits curieux·ses • **www.youtube.com/@JamyEpicurieux**

Remerciements

Un grand merci à Jeanne Cochin pour sa confiance et à Agnès Hallosserie, notre experte biodiversité, pour ses précieux conseils.

Merci à nos petits bêta-testeurs (et à leurs parents) : Aina, Anna, Antoine, Augustin, Basile, Céleste, Coline, Diego, Elias, Elliot, Gabriel, Izhaq, Léonie, Sacha, Thomas, Victor, Yuna et Youenn.

Ce livre est recommandé par l'ASPAS

L'ASPAS, l'association pour la protection des animaux sauvages, est une association reconnue d'utilité publique et 100 % indépendante. Loups, ours, renards, blaireaux, amphibiens… Elle défend les sans-voix de la faune sauvage, les espèces jugées insignifiantes, encombrantes, ou persécutées par la chasse. Elle mobilise l'opinion publique, interpelle les élus et sensibilise tous les publics à la nécessité de protéger les milieux et les espèces. Son savoir-faire juridique est unique. Depuis 40 ans, elle a engagé près de 4 000 procédures devant les tribunaux pour faire respecter et évoluer positivement le droit de l'environnement.

L'ASPAS crée également des Réserves de Vie Sauvage® et des Havres de Vie Sauvage® où l'intervention humaine est limitée à des objectifs écologiques (ni chasse, ni coupe de bois, ni pastoralisme). Ces labels correspondent au plus fort niveau de protection en France. Plus nous rendons à la nature sauvage des territoires où elle peut s'exprimer pleinement et librement, mieux nous retrouvons une place à notre mesure, sans démesure.

Pour une nature libre et sauvage.

Mentions légales

Dépôt légal : mai 2025

ISBN : 978-2-603-03180-3

Conception graphique, mise en pages et couverture : Ninon C. Maufé

Correction : Sabine Kuentz

Direction éditoriale : Michel Larrieu

Édition : Jeanne Cochin

Fabrication : Virginie Leroux

Achevé d'imprimer en avril 2025 sur les presses de EDELVIVES, Espagne